ARTHUR CONAN DOYLE

SHERLOCK HOLMES
E O CASO DA JOIA AZUL

Adaptação
Rosa Moya

Ilustrações
Roger Olmos

Tradução de
Luciano Vieira Machado e Elisa Zanetti

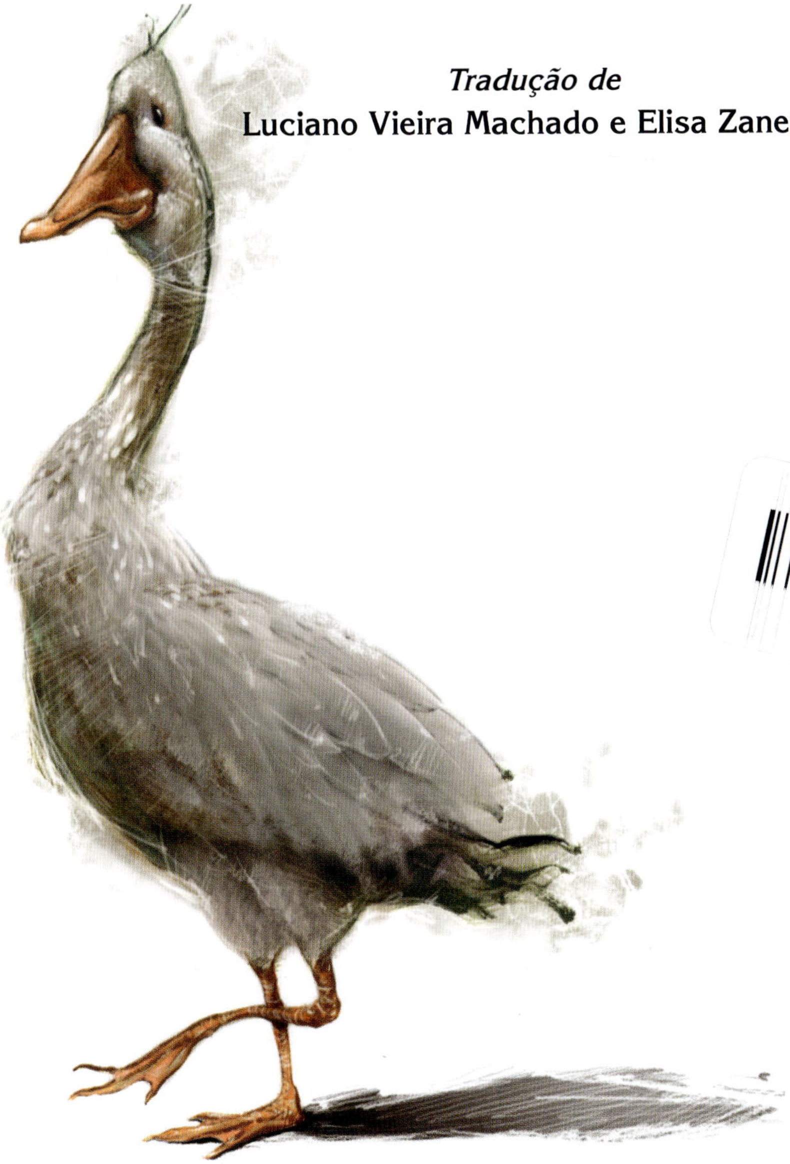

8ª impressão

PANDA BOOKS

© 2008 Random House Mondadori S.A.

Esta edição foi publicada com
a autorização da Random House Publish Group.
Todos os direitos reservados.

Direção editorial
Marcelo Duarte
Patth Pachas
Tatiana Fulas

Gerente editorial
Vanessa Sayuri Sawada

Assistentes editoriais
Henrique Torres
Laís Cerullo
Samantha Culceag

Diagramação
Kiki Millan

Revisão
Telma Baeza Gonçalves Dias

Impressão
PifferPrint

CIP – BRASIL. CATALOGAÇÃO NA FONTE
SINDICATO NACIONAL DOS EDITORES DE LIVROS, RJ

Doyle, Arthur Conan, Sir, 1859-1930
Sherlock Holmes e o caso da joia azul/ Arthur Conan Doyle; adaptação: Rosa Moya; ilustrações: Roger Olmos; tradução de Luciano Vieira Machado e Elisa Zanetti. – 1.ed . – São Paulo: Panda Books, 2011. 32 pp. il.

Tradução de: Sherlock Holmes y el caso de la joia azul
ISBN: 978-85-7888-095-8

1. Holmes, Sherlock (Personagem fictício) – Literatura infantojuvenil inglesa. 2. Conto infantojuvenil inglês. I. Moya, Rosa. II. Olmos, Roger. III. Machado, Luciano. IV. Zanetti, Elisa. V. Título.

10-6372   CDD: 028.5
                                              CDU: 087.5

2024
Todos os direitos reservados à Panda Books.
Um selo da Editora Original Ltda.
Rua Henrique Schaumann, 286, cj. 41
05413-010 – São Paulo – SP
Tel./ Fax: (11) 3088-8444
edoriginal@pandabooks.com.br
www.pandabooks.com.br
Visite nosso Facebook, Instagram e Twitter.

Nenhuma parte desta publicação poderá ser reproduzida por qualquer meio ou forma sem a prévia autorização da Editora Original Ltda. A violação dos direitos autorais é crime estabelecido na Lei nº 9.610/98 e punido pelo artigo 184 do Código Penal.

Ao Javi, aos meus pais e à Marta, que brilham ainda mais que a joia azul da condessa, e aos demais membros de minha família, por serem o que são.
Rosa Moya

Para Noe.
Roger Olmos

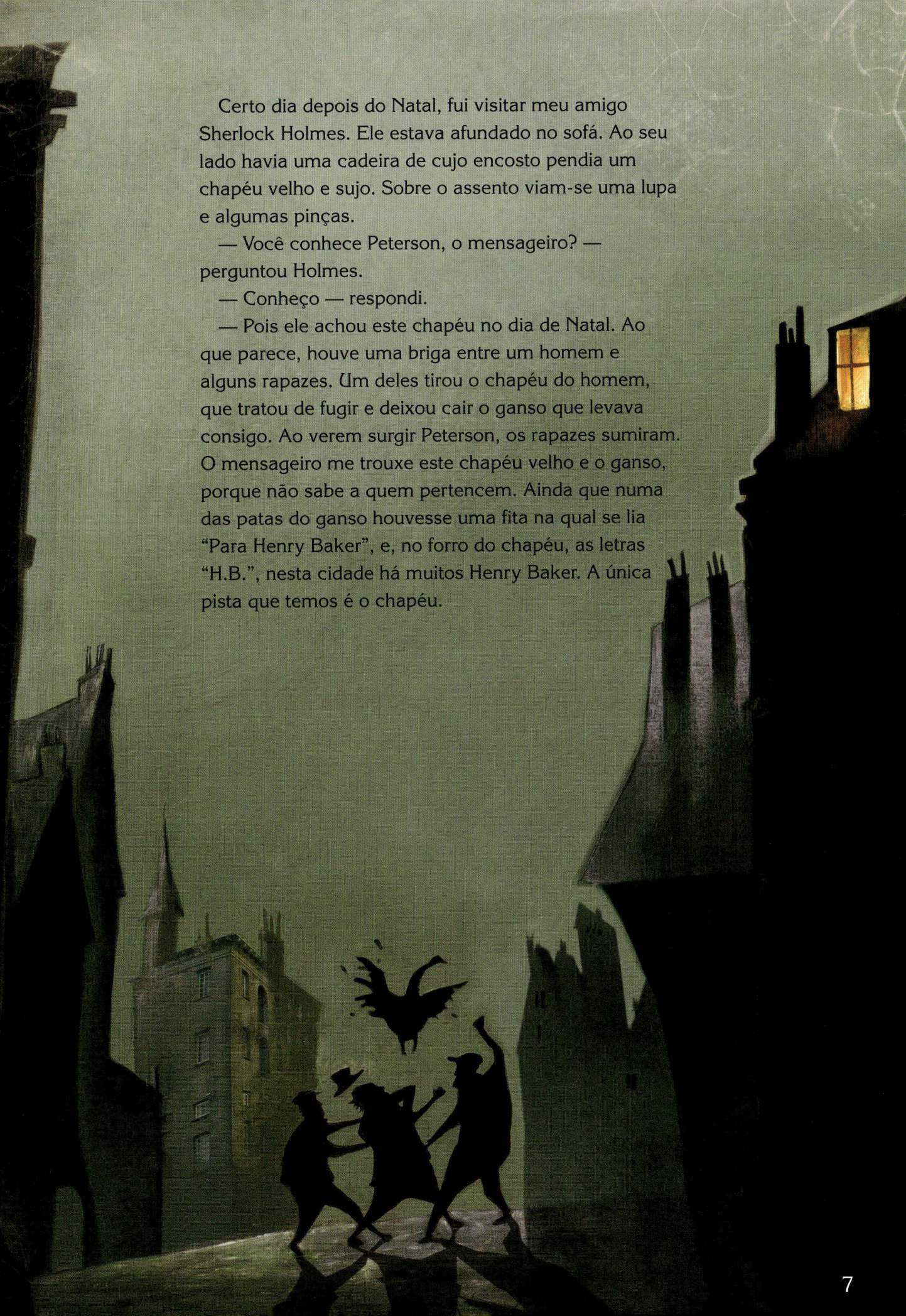

Certo dia depois do Natal, fui visitar meu amigo Sherlock Holmes. Ele estava afundado no sofá. Ao seu lado havia uma cadeira de cujo encosto pendia um chapéu velho e sujo. Sobre o assento viam-se uma lupa e algumas pinças.

— Você conhece Peterson, o mensageiro? — perguntou Holmes.

— Conheço — respondi.

— Pois ele achou este chapéu no dia de Natal. Ao que parece, houve uma briga entre um homem e alguns rapazes. Um deles tirou o chapéu do homem, que tratou de fugir e deixou cair o ganso que levava consigo. Ao verem surgir Peterson, os rapazes sumiram. O mensageiro me trouxe este chapéu velho e o ganso, porque não sabe a quem pertencem. Ainda que numa das patas do ganso houvesse uma fita na qual se lia "Para Henry Baker", e, no forro do chapéu, as letras "H.B.", nesta cidade há muitos Henry Baker. A única pista que temos é o chapéu.

— E o ganso? — perguntei.

— Peterson o levou para cozinhá-lo — ele respondeu, acrescentando depois de uma pausa: — Examinei o chapéu e deduzi que pertence a um homem inteligente que já foi rico, embora não mais o seja. Já tem certa idade, não faz exercícios e cortou o cabelo há pouco tempo.

— Como você descobriu que se trata de um homem inteligente? — perguntei sorrindo.

Holmes pôs o chapéu na cabeça, e este lhe cobriu os olhos.

— Um homem com um cérebro tão grande só pode ser inteligente.

— E como sabe que já foi rico?

— Esses chapéus estavam na moda três anos atrás e eram caros. Se desde então não comprou outro, isso quer dizer que já não anda tão bem de vida.

— Tem razão — respondi. — Mas como você sabe que ele é um homem de certa idade?

— Meu caro amigo, se você olhar o forro, verá pontas de cabelos grisalhos cortados com maestria por um barbeiro. Por outro lado, as manchas de suor constituem uma prova de que o homem não faz exercícios e transpira abundantemente.

De repente, a porta se abriu.

— O ganso, Holmes! O ganso! — exclamou, ofegante, o mensageiro. — Veja! Veja o que minha mulher encontrou na barriga do ganso!

— Caramba, Peterson! — exclamou Holmes levantando-se do sofá.

— Imagino que você saiba o que é.

— Um diamante! Uma pedra preciosa! — exclamou o mensageiro.

— É mais do que isso. É a joia azul da condessa. Uma peça única pela qual se oferece uma recompensa de mil libras. Ela desapareceu do hotel Cosmopolitan, e a polícia detêve o pedreiro. Curiosamente, porém, a pedra não apareceu — afirmou Holmes. — Ao que parece, o gerente do hotel o havia acompanhado até o quarto da condessa para consertar a lareira. Quando o gerente voltou ao quarto, o pedreiro havia desaparecido

e o porta-joias estava vazio — acrescentou Holmes, fazendo uma pausa. — Vejamos: temos a pedra preciosa, que estava na barriga do ganso, e este pertencia a Henry Baker, o dono do chapéu. Então, para localizá-lo, publicaremos um anúncio nestes termos: "O senhor Baker pode comparecer às seis e meia na Baker Street, 221B, para buscar um ganso e um chapéu preto". Peterson, mande publicá-lo em todos os jornais.

— Certo — disse Peterson. — E a pedra preciosa?

— Eu a guardarei — respondeu Holmes. — Ah! E na volta compre um ganso. Temos de dá-lo a Henry Baker.

Quando o mensageiro se foi, Holmes observou a pedra preciosa.

— Bem, meu caro amigo, agora só nos resta esperar — disse ele.

Às seis e meia, quando eu estava chegando à Baker Street, vi aproximar-se um homem alto e gordo, com uma boina. Entramos na casa de Holmes ao mesmo tempo.

— O senhor é Henry Baker, não é? — disse Holmes à guisa de cumprimento. — Por favor, sente-se junto à lareira. Ah, Watson, você chegou em boa hora. Este chapéu é seu, Henry?

— Sim, é o meu chapéu — respondeu o outro em voz baixa. — Eu achava que os rapazes o tinham levado junto com o ganso.

Tal como havia deduzido Holmes, sua cabeça era grande, e ele parecia um homem inteligente. Seu cabelo era grisalho e, pelos trajes, dava a impressão de ter sofrido um revés financeiro.

— Quanto ao ganso, você o perdeu. Tivemos de comê-lo, senão ficaria estropiado — esclareceu Holmes. — Mas dentro daquele móvel há outro bem robusto.

— Oh, obrigado! — disse Henry com um suspiro. — Não ando bem de dinheiro ultimamente.

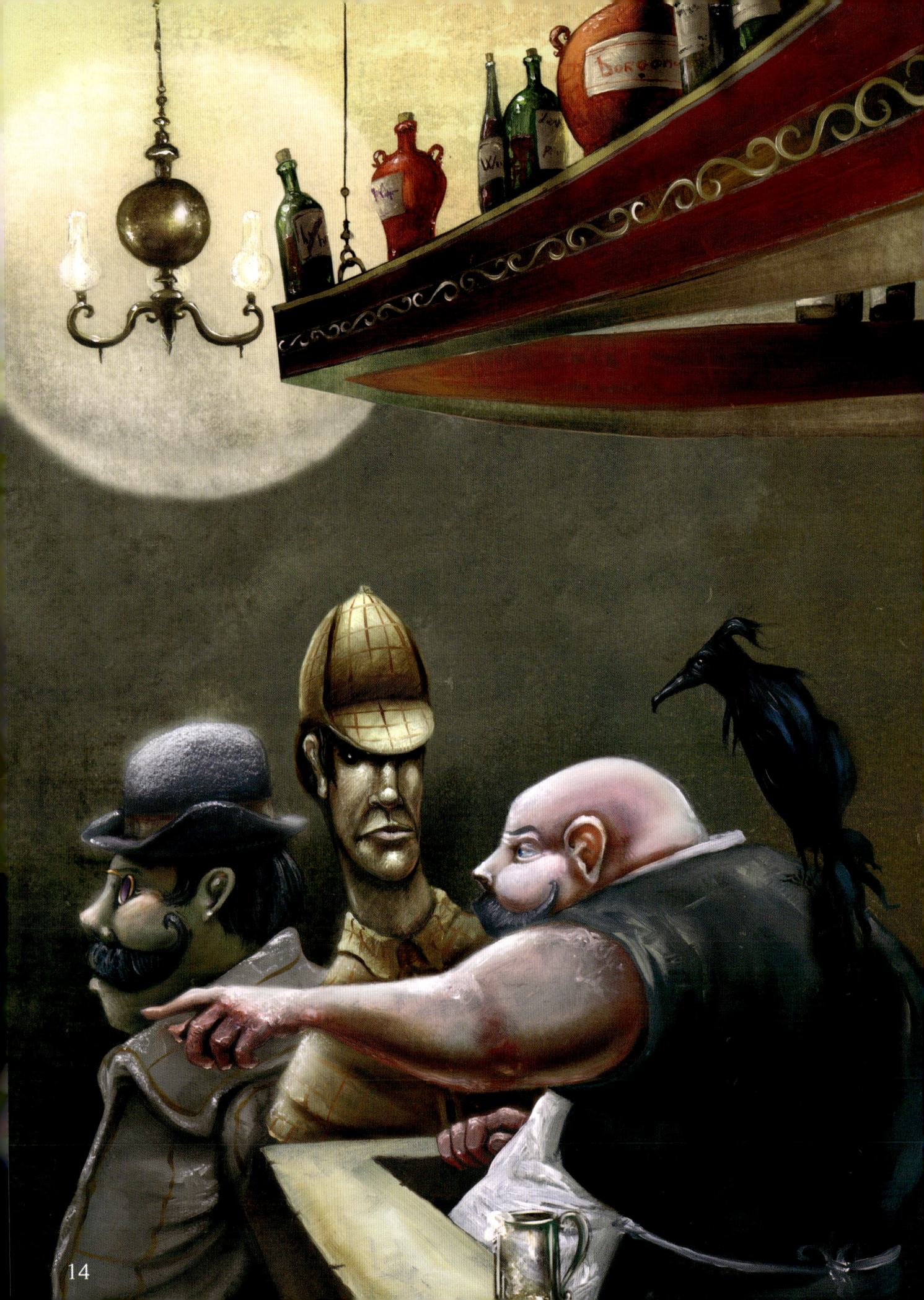

— E onde você conseguiu o ganso que perdeu? — perguntou Holmes.

— Na taberna que fica perto do museu. Obrigado por devolver-me o chapéu — disse ele com o ganso recém-comprado debaixo do braço, e foi embora.

— Watson, vamos seguir essa pista e ir à taberna.

Ambos pusemos casaco e cachecol. Nossos passos ressoavam alto. Um quarto de hora depois, nós nos encontrávamos diante da taberna.

— Você tem uns gansos excelentes, taberneiro — disse Holmes ao abrir a porta.

— Não, os gansos não me pertencem — respondeu o taberneiro. — Eu os comprei de um vendedor do mercado chamado Breckinridge — acrescentou, continuando o seu trabalho.

— Watson, vamos procurar esse Breckinridge — resolveu Holmes.

Percorremos um labirinto de ruelas até chegar ao mercado. Numa das maiores barracas havia uma placa onde se lia BRECKINRIDGE.

— Parece-me que seus gansos acabaram — disse Holmes apontando as prateleiras vazias. O taberneiro me disse que são muito bons.

— Ah, sim! Vendi duas dúzias — respondeu o vendedor.

— E de muito boa qualidade — acrescentou Holmes. — De onde vieram?

— O que você quer saber exatamente, hein? — perguntou o vendedor, aborrecendo-se.

— Ora, de quem você comprou os gansos que vendeu ao taberneiro — esclareceu Holmes.

— Claro que não vou lhe dizer!

— Para mim tanto faz — disse Holmes. — Mas não entendo por que você ficou aborrecido.

— Aborrecido? Mas claro! Você também ficaria aborrecido se um monte de gente viesse lhe perguntar pelos benditos gansos — respondeu o vendedor.

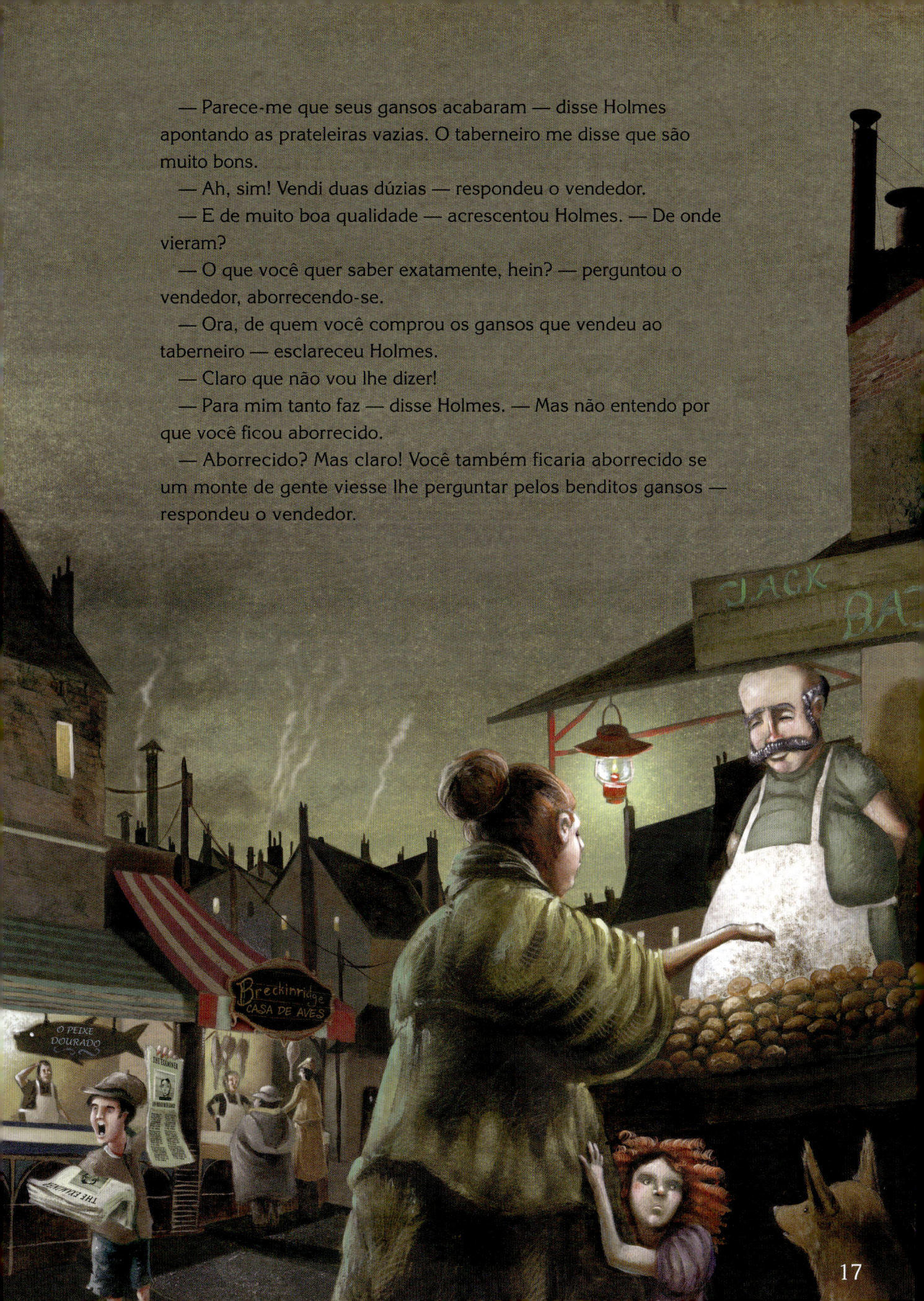

— Eu não tenho nada a ver com essas pessoas que andaram lhe importunando — garantiu Holmes. — Aposto uma libra que seus gansos foram criados no campo.

— Mas perdeu a aposta, porque foram criados aqui, na cidade.

— Não é possível! — exclamou Holmes.

— Está vendo este caderninho? — disse o vendedor colocando-o sob a lâmpada. — Aqui tenho a lista dos fornecedores de quem compro gansos. Pois bem, nesta página estão os do campo, e nesta página escrita em vermelho, os da cidade. O que está escrito junto ao terceiro nome?

— Senhora Oakshott — pronunciou Holmes —, vendedora de ovos e de aves. Entregues 24 gansos ao taberneiro, a 12 xelins.

— Eu não tinha razão? — disse o vendedor. Sherlock Holmes tirou uma libra do bolso e foi embora aborrecido.

Poucos metros adiante, se pôs a rir.

— Quando temos diante de nós um homem com costeletas grandes e um jornal de esportes no bolso, podemos tirar-lhe a informação que quisermos propondo-lhe uma aposta — explicou ele. — Agora vamos procurar a senhora Oakshott.

Imediatamente ouviram-se fortes gritos vindos da barraca do mercado.

— Estou cansado de vocês todos! Por acaso foi você quem me vendeu os gansos? — gritava o vendedor.

— Não, mas havia um que era meu — gemeu um homenzinho.

— Pois então peça-o à senhora Oakshott! — respondeu o vendedor.

— Talvez não seja preciso visitar a senhora Oakshott — sussurrou Holmes. — Siga-me, Watson, e vejamos o que esse homem pode nos contar.

— Desculpe — disse Holmes educadamente quando o alcançamos. — Mas ouvi o que você disse ao vendedor e acho que posso ajudá-lo.

— Você? Quem é você? Como pode saber alguma coisa sobre esse assunto?

— Eu me chamo Sherlock Holmes, e meu trabalho é saber o que os outros não sabem. Sei que está procurando uns gansos que a senhora Oakshott vendeu ao homem do mercado, e que este, por sua vez, vendeu ao taberneiro, que vendeu a seus clientes, um dos quais é Henry Baker.

— Ah, você é a pessoa de quem preciso! — exclamou o homenzinho. — Eu me chamo James Ryder. Sou o gerente do hotel Cosmopolitan.

Holmes fez sinal para que uma carruagem parasse. Ficamos calados até chegar à Baker Street. Quando entramos na sala, Holmes disse alegremente:

— Uma boa lareira é a coisa mais reconfortante quando faz frio. Quer dizer então que você quer saber o que aconteceu com os gansos. Imagino que de todos eles só lhe interessa um branco, com uma faixa preta na cauda.

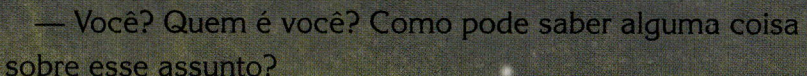

— Oh! — exclamou o gerente do hotel. — Você sabe onde ele está?

— Está aqui — respondeu Holmes. — E não me admira que ele lhe interesse tanto, porque pôs um ovinho azul, o mais valioso de que se tem notícia.

Trêmulo, James Ryder se levantou e apoiou-se no consolo da lareira. Holmes abriu o cofre e tirou a joia azul, que brilhava como uma estrela.

— O jogo terminou, Ryder — disse Holmes com toda tranquilidade. Tenho quase todas as provas. Mas preciso esclarecer uma, para dar o caso por encerrado. Você sabia que a condessa tinha essa pedra preciosa?

— Sim, sua criada me falou dela — confessou Ryder com voz rouca.

— E aí você achou que podia ficar rico. Você e a criada quebraram a lareira e chamaram o pedreiro para consertá-la. Quando ele foi embora, você esvaziou o porta-joias e mandou prender o pedreiro.

James Ryder se jogou no chão e agarrou-se aos joelhos de Holmes.

— Piedade! — suplicou ele. — Eu nunca tinha feito nada errado antes!

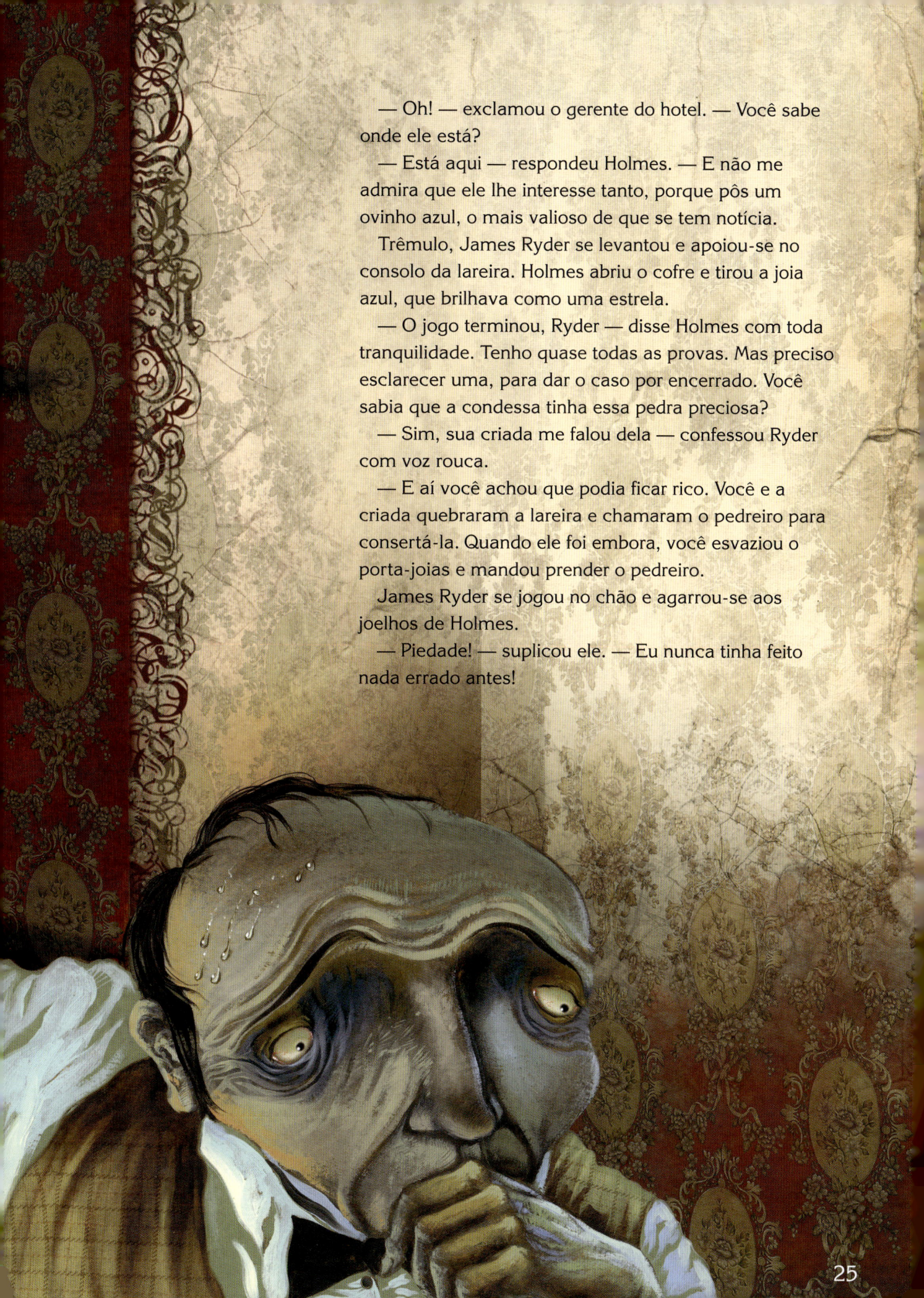

— Explique-me como a joia foi parar na barriga do ganso e como foi vendido no mercado — ordenou Holmes rispidamente.

O gerente do hotel temperou a garganta:

— Quando a polícia deteve o pedreiro, fui à casa de minha irmã, que engordava gansos para o mercado. Ela me disse que eu podia escolher um de presente. Pensei em esconder a pedra dentro dele, até chegar a Kilburn, onde mora um amigo que me ajudaria a vendê-la. Mas quando enfiei a pedra no bico, o ganso começou a bater as asas, e minha irmã saiu. Quando me voltei para falar com ela, o ganso escapou de minha mão. Para disfarçar, eu disse que estava interessado no ganso branco com uma faixa preta na cauda e que gostaria de ficar com ele. E então o levei a Kilburn. Contei a meu amigo o que tinha feito, e quando abri o ganso, a pedra não estava dentro dele. Então corri de novo à casa de minha irmã e perguntei pelos gansos.

— Foram levados ao mercado para serem vendidos na barraca de Breckinridge — me respondeu.

— Havia outro com uma faixa preta na cauda? — perguntei.

— Havia sim. Eram incrivelmente parecidos. Corri ao mercado, mas Breckinridge já os tinha vendido, e não soube dizer-me a quem. Respondia-me sempre com maus modos... E agora... agora sou um ladrão! — acrescentou ele desfazendo-se em prantos.

— Vá embora! — ordenou Holmes abrindo a porta de par em par.

— Como? Que Deus o abençoe!

— Nem uma palavra mais. Vá embora! — repetiu Holmes, e Ryder saiu correndo escada abaixo.

— Ao fim e ao cabo, Watson — disse Holmes — este homem nunca mais vai querer roubar. Está muito assustado. Devolveremos a joia à condessa, e o pedreiro será declarado inocente. A solução desse caso é uma grande recompensa, não lhe parece, Watson?

O AUTOR

Arthur Conan Doyle nasceu em Edimburgo (Escócia), em 22 de maio de 1859, e faleceu no dia 7 de julho de 1930 em Crowborough (Inglaterra). Estudou medicina e trabalhou primeiro como cirurgião, depois como clínico. Foi justamente na clínica de Southsea que começou a escrever para matar o tédio enquanto esperava os poucos pacientes que o procuravam. Seus primeiros trabalhos, *Um estudo em vermelho* e *O signo dos quatro*, tiveram grande sucesso, e a partir daí Sherlock Holmes se tornou o detetive mais famoso do mundo. Arthur Conan Doyle criou um detetive engenhoso e cerebral, com grande capacidade de observação e dedução. Segundo Holmes, qualquer detalhe, por mais ínfimo que pareça, pode ser a chave para resolver um caso. Holmes soluciona tantos casos difíceis e misteriosos que, em muitas ocasiões, a Scotland Yard pede sua colaboração. Ele tem também vastos conhecimentos científicos, além de outros (como o de apicultura, por exemplo), toca violino, é bom boxeador e hábil esgrimista.

Outro personagem criado por Conan Doyle é o doutor Watson, amigo inseparável de Holmes e narrador de suas aventuras. Watson acompanha Holmes em vários de seus casos e ouve suas brilhantes deduções. Tem sempre muito a aprender com o grande detetive. Mora com Sherlock no famoso número 221 da Baker Street, até quando resolve se casar. Tampouco falta aos relatos de Arthur Conan Doyle um perverso e perigoso personagem, o professor Moriarty, o pior inimigo de Sherlock Holmes e chefe do crime organizado.

Com esses personagens e os casos extraordinários que aparecem em seus relatos, não é de estranhar o sucesso que obteve Arthur Conan Doyle, um dos poucos escritores que conseguiu viver de sua literatura em fins do século XIX e princípio do século XX.